Robert Gernhardts Geistesverwandschaft mit dem großartigen Satiriker Lichtenberg ist unübersehbar. In diesem Band sind die 99 besten Sudelsprüche versammelt: Sudelsprüche von Georg Christoph Lichtenberg aus den Sudelbüchern ausgewählt und illustriert von Robert Gernhardt.

»Gernhardt spürt den Witz nicht nur zuverlässig auf, sondern wendet, streichelt und klopft ihn, bis der Betrachter erkennt, was Lichtenberg womöglich auch hatte sagen wollen.« FAZ

Robert Gernhardt (1937–2006) lebte als freier Lyriker und Schriftsteller, Maler und Zeichner in Frankfurt am Main. Sein großes literarisches, malerisches und zeichnerisches Werk wurde mit zahlreichen Preisen und Ehrungen ausgezeichnet, darunter mit dem Heinrich-Heine-Preis und dem Wilhelm-Busch-Preis. Robert Gernhardts umfangreiches Werk erscheint bei S. Fischer; zuletzt die Erzählungen ›Denken wir uns‹ (2007) und die ›Gesammelten Gedichte 1954–2006‹ (2008).

Unsere Adresse im Internet: www.fischerverlage.de

Robert Gernhardt

Unsere Erde ist vielleicht ein Weibchen

99 Sudelblätter von Robert Gernhardt
zu 99 Sudelsprüchen von
Georg Christoph Lichtenberg

Fischer Taschenbuch Verlag

Veröffentlicht im Fischer Taschenbuch Verlag,
einem Unternehmen der S. Fischer Verlag GmbH,
Frankfurt am Main, März 2009

Gesamtherstellung: Himmer AG, Augsburg
Printed in Germany
ISBN 978-3-596-17942-8

Hogarths Werke zu erklären, gibt es, glaube ich, nur zwei Wege. Auf dem ersten sagte man etwa bloß mit kurzen und dürren Worten, was die Dinge bedeuten, und machte besonders auf solche aufmerksam, die jemand, der nicht mit dem Lande des Künstlers, oder noch nicht mit dessen Genie bekannt ist, entweder ganz übersehen, oder wenn er sie auch bemerkt hätte, doch nicht gehörig verstanden haben würde. Man könnte ihn, wenn ich mich des Ausdrucks bedienen darf, den *prosaischen* nennen. Dann gibt es aber auch einen *poetischen*. Auf diesem müßte nicht allein alles das auch geleistet werden, was auf jenem geleistet wurde, sondern obendrein in einer Sprache und überhaupt in einem Vortrage, den durchaus eine gewisse Laune belebte, die mit der des Künstlers so viel Ähnlichkeit hätte, als möglich, und immer mit ihr gleichen Gang hielte. Was der Künstler da *gezeichnet* hat, müßte nun aber so *gesagt* werden, wie *Er* es vielleicht würde *gesagt* haben, wenn er die Feder so hätte führen können, wie er den Grabstichel geführt hat.

Georg Christoph Lichtenberg

Immer sich zu fragen: sollte hier nicht ein Betrug stattfinden?

K 300

Immer sich zu fragen: sollte hier nicht ein Betrug statt finden?

Wie gehts, sagte ein Blinder zu einem Lahmen.
Wie Sie sehen, antwortete der Lahme
E 385

WIE GEHTS
sagte ein Blinder zu einem Lahmen
WIE SIE SEHEN
antwortete der Lahme.

Der eine hat eine falsche Rechtschreibung und
der andere eine rechte Falschschreibung.
G 37

VORSICHT BISSIGER HUND
ZUTRITT VERBOTEN
SELBST-SCHÜSSE
Kain Hunt peist
WIL KOME
SELBS-PETIE-NUNK
Der eine hat eine falsche Rechtschreibung
und der andere eine rechte Falschschreibung.

Schlankheit gefällt wegen des besseren Anschlusses im Beischlaf
und der Mannigfaltigkeit der Bewegung.

F 603

Schlankheit gefällt wegen des besseren Anschlusses im Beischlaf und der Mannigfaltigkeit der Bewegung.

Man muß keinem Menschen trauen, der bei seinen Versicherungen
die Hand auf das Herz legt.

G 74

Man muß keinem Menschen trauen, der bei seinen Versicherungen die Hand auf das Herz legt.

Ist es nicht sonderbar, daß die Menschen so gerne für die Religion *fechten*,
und so ungerne nach ihren Vorschriften leben?

L 705

Ist es nicht sonderbar, daß die Menschen so gerne für die Religion fechten,
und so ungerne nach ihren Vorschriften leben?

Unstreitig ist die männliche Schönheit noch nicht genug von den Händen gezeichnet worden, die sie allein zeichnen könnten, von weiblichen.

F 1086

Unstreitig ist die männliche Schönheit noch nicht genug von den Händen gezeichnet worden, die sie allein zeichnen könnten, von weiblichen.

Wenn jemand in Cochinchina sagt doii (doji mich hungert), so laufen die Leute als wenn es brennte ihm etwas zu essen zu geben. In manchen Provinzen Deutschlands könnte ein Dürftiger sagen: mich hungert, und es würde gerade so viel helfen, als wenn er sagte doii.

J 1147

Wenn jemand in Cochinchina sagt
doii
(doji mich hungert) so laufen die Leute als wenn es brennte ihm etwas zu essen zu geben.
In manchen Provinzen Deutschlands könnte ein Dürftiger sagen:
mich hungert
und es würde gerade so viel helfen, als wenn er sagte
doii

Eine von den Haupt-Konvenienzen der Ehe ist die, einen Besuch, den man nicht ausstehen kann, zu seiner Frau zu weisen.

F 781

Eine von den Haupt-Konvenienten der Ehe ist die, einen Besuch, den man nicht ausstehen kann,
zu seiner Frau zu weisen.

Was ist der Mensch anders als ein kleiner Staat
der von Tollköpfen beherrscht wird pp?
E 60

Was ist der Mensch anders als ein kleiner Staat der von Tollköpfen beherrscht wird pp?

Kirchtürme, umgekehrte Trichter, das Gebet in den Himmel zu leiten.

Undatierbare Bemerkungen 8

Kirchtürme, umgekehrte Trichter, das
Gebet in den Himmel zu
leiten.

Es wäre vortrefflich, wenn sich ein Katechismus, oder eigentlich ein Studienplan erfinden ließe, wodurch die Menschen von einem dritten Stande in eine Art von *Biber* verwandelt werden könnten. Ich kenne kein besseres Tier auf Gottes Erdboden: es beißt nur, wenn es gefangen wird, ist arbeitsam, äußerst matrimonial, kunstreich und hat ein vortreffliches Fell.

K 291

Es wäre vortrefflich, wenn sich ein
Katechismus, oder eigentlich ein Studien-
plan erfinden ließe, wodurch die Menschen
vom dritten Stande in eine Art Biber
verwandelt werden könnten.
Ich kenne kein besseres Tier auf Gottes
Erdboden: es beißt nur, wenn es gefangen
wird, ist arbeitsam, äußerst matrimonial,
kunstreich und hat ein vortreffliches
Fell.

Hiermit hätte man einen weit standhafteren Mann bewegen können
etwas weit Schlimmeres zu tun.

D 655

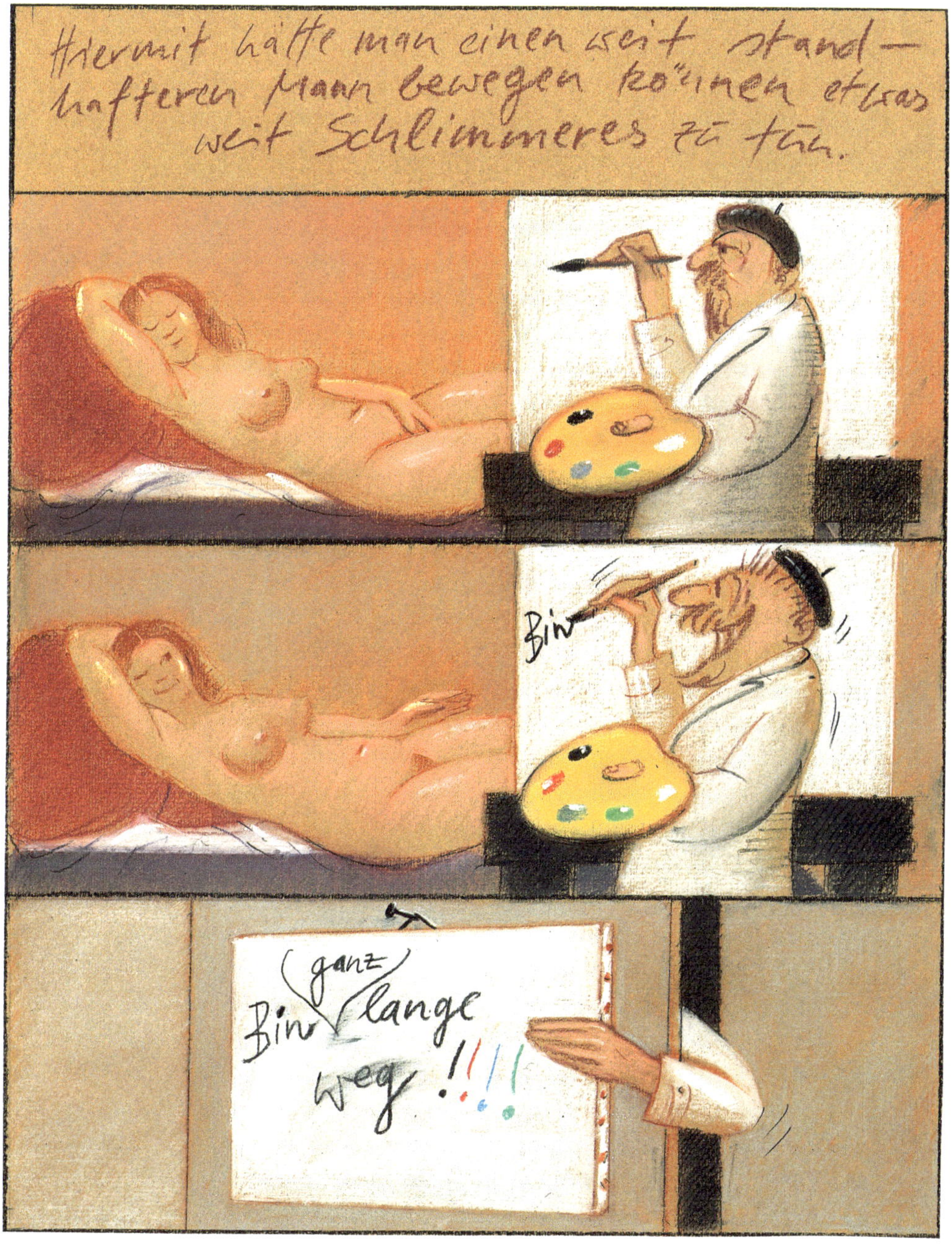
Hiermit hätte man einen weit standhafteren Mann bewegen können etwas weit Schlimmeres zu tun.
Bin
Bin (ganz) lange weg !!!!

Ich glaube kaum, daß es möglich sein wird zu erweisen, daß wir das Werk eines höchsten Wesens, und nicht vielmehr zum Zeitvertreib von einem sehr unvollkommenen sind zusammengesetzt worden.

D 412

Ich glaube kaum, daß es möglich sein wird
zu erweisen, daß wir das Werk eines
höchsten Wesens, und nicht vielmehr
zum Zeitvertreib von einem sehr unvoll-
kommenen sind zusammengesetzt worden.

Ihr Unterrock war rot und blau sehr breit gestreift und sah aus, als wenn er aus einem Theater-Vorhang gemacht wäre. Ich hätte für den ersten Platz viel gegeben, aber es wurde nicht gespielt.

B 216

Ihr Unterrock war rot
und blau sehr breit gestreift
und sah aus als wenn er
aus einem Theater-Vorhang
gemacht wäre. Ich hätte
für den ersten Platz viel
gegeben, aber es würde
nicht gespielt.

Die Verse geraten nur wie die Krebse in den Monaten gut
in deren Namen kein r ist.

F 212

Die Verse geraten nur wie die Krebse in den Monaten gut in deren Namen kein r ist.
Der Mai ist gekommen...
Einsamer nie als im August...
Goldner Oktober! Dich will ich loben...

Seine eigene Figur lacht ihn aus.

E 93

Seine eigene Figur lacht ihn aus.

Das Tier, das in einer Träne ertrinkt.

E 61

Das Tier, das in einer Träne ertrinkt.

Nun wüßte ich doch auch fürwahr außer dem Teufel niemanden,
der etwas hiergegen aufbringen könnte.

D 644

Nun wüßte ich doch auch fürwahr außer dem Teufel niemanden, der etwas hiergegen aufbringen könnte.

Da liegen nun die Kartoffeln, und schlafen ihrer Auferstehung entgegen.

G 191

Da liegen nun die Kartoffeln,
und schlafen ihrer Auf-
erstehung entgegen.

Man sollte Krokodile in den Stadtgräben ziehen
um ihnen mehr Festigkeit zu geben.
F 193

Man sollte Krokodile in Stadtgräben ziehen um ihnen mehr Festigkeit zu geben.

Gott, der Vergelder alles Guten.
J 994

Gott, der Vergelder alles Guten.

Eine Fleder-Maus könnte als eine nach Ovids Art verwandelte Maus angesehen werden, die, von einer unzüchtigen Maus verfolgt, die Götter um Flügel bittet, die ihr auch gewährt werden.

D 65

Eine Fleder-Maus könnte als eine nach Ovids Art verwandelte Maus angesehen werden, die, von einer unzüchtigen Maus verfolgt, die Götter um Flügel bittet, die ihr auch gewährt werden.

In den Kehrigthaufen vor der Stadt lesen und suchen was den Städten fehlt,
wie der Arzt aus dem Stuhlgang und Urin.

J 990

In den Kehrigthaufen vor der Stadt
lesen und suchen was den Städten
fehlt, wie der Arzt aus dem Stuhl-
gang und Urin.

Der Trieb unser Geschlecht fortzupflanzen hat noch
eine Menge anderes Zeug fortgepflanzt.

F 1079

Der Trieb unser Geschlecht fortzupflanzen hat noch eine Menge anderes Zeug fortgepflanzt.

Zwei auf einem Pferd bei einer Prügelei ein schönes Sinnbild für eine Staatsverfassung.

C 229

Zwei auf einem Pferd bei einer Prügelei ein schönes Sinnbild für eine Staatsverfassung.

Zu Braunschweig wurde in einer Auktion ein Hut für vieles Geld verkauft, der aus dem heimlichsten Haar von Mädchen verfertigt war.

J 900

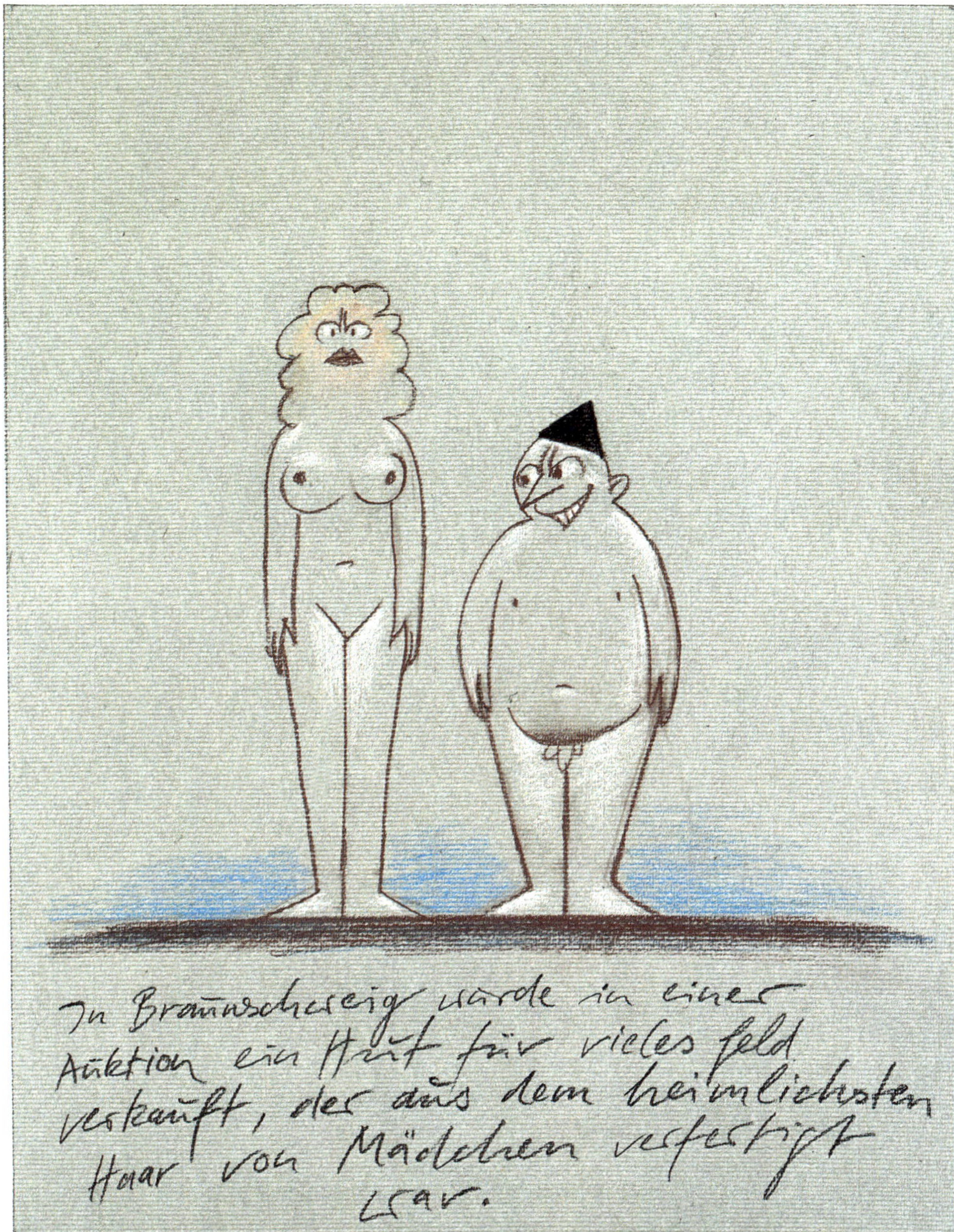
In Braunschweig wurde in einer
Auktion ein Hut für vieles Geld
verkauft, der aus dem heimlichsten
Haar von Mädchen verfertigt
war.

Wer weiß, ob nicht Sokrates, wenn er jetzt in Frankfurt wäre,
mit an der gelehrten Zeitung arbeitete.

D 400

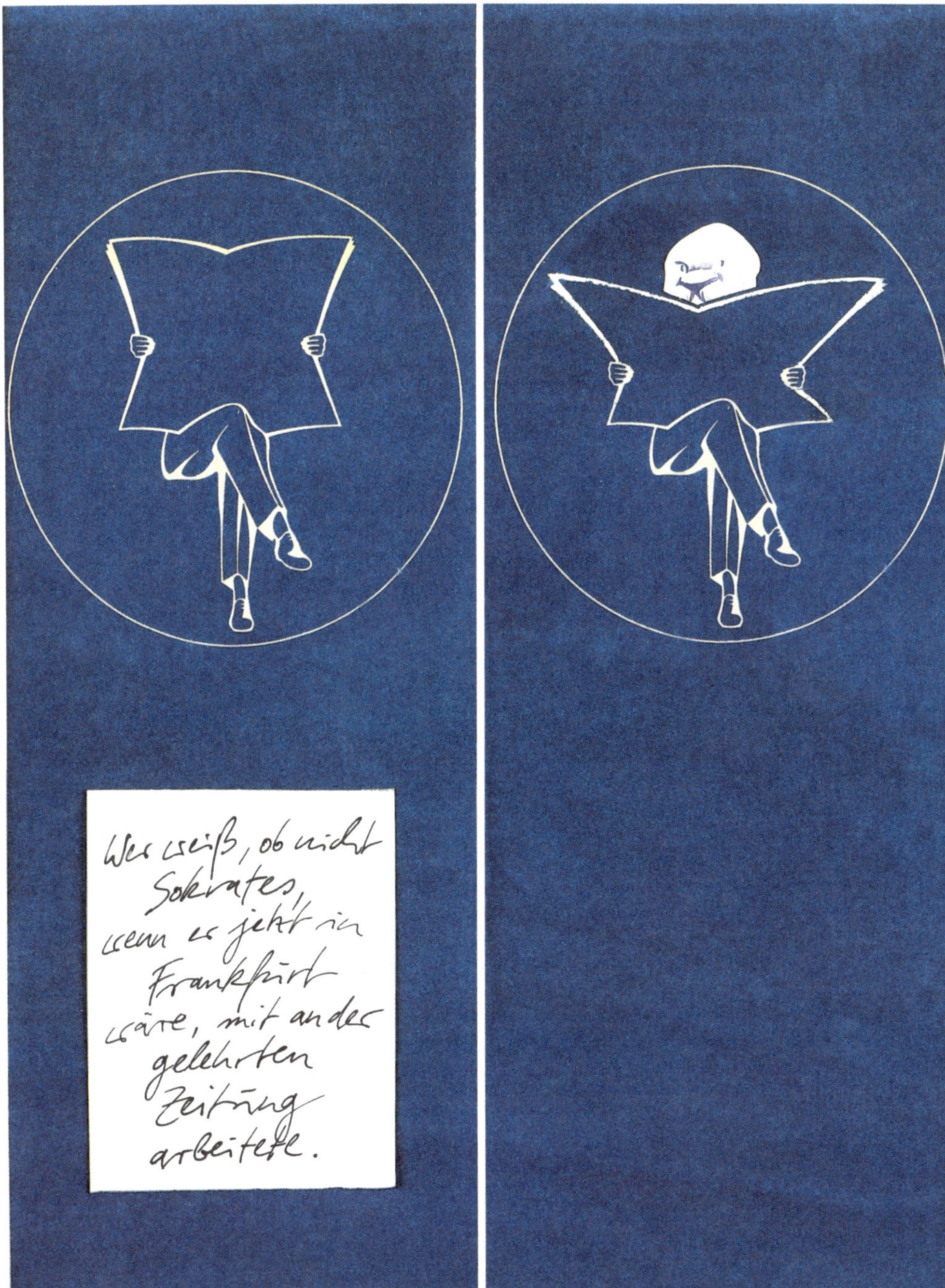
Wer weiß, ob nicht Sokrates, wenn er jetzt in Frankfurt wäre, mit an der gelehrten Zeitung arbeitete.

So wie es vielsilbige Wörter gibt, die sehr wenig sagen,
so gibt es auch einsilbige von unendlicher Bedeutung.

H 64

So wie es vielsilbige Wörter gibt, die sehr wenig sagen, so gibt es auch einsilbige von unendlicher Bedeutung.

Ängstlich zu sinnen und zu denken, was man hätte tun können,
ist das Übelste, was man tun *kann*.

K 253

Ängstlich zu sinnen und zu denken, was man hätte tun können, ist das Übelste, was man tun kann.

Seine Frau mußte ihm alle Abende die eheliche Pflicht leisten
seine Prahlereien anzuhören.

L 627

Seine Frau mußte ihm alle Abende
die eheliche Pflicht leisten
seine Prahlereien anzuhören.
Ach Nobbert!

Der Franzos ist ein sehr angenehmer Mann um die Zeit,
wo er zum 2ten mal anfängt an Gott zu glauben.

L 546

Der Franzos ist ein sehr ange-
nehmer Mann um die Zeit,
wo er zum 2ten mal anfängt
an Gott zu glauben.

Daß die wichtigsten Dinge durch Röhren getan werden. Beweise erstlich die Zeugungsglieder, die Schreibfeder und unser Schießgewehr, ja was ist der Mensch anders als ein verworrenes Bündel Röhren?

E 35

Daß die wichtigsten Dinge durch Röhren getan werden. Beweise: erstlich die Zeugungsglieder, die Schreibfeder und unser Schießgewehr ——
Ich verzehre mich nach Dir ... Ewig Lebewohl!! Dein Christoph
Ja, was ist der Mensch anders als ein verworrenes Bündel Röhren?

Buchstaben-Männchen und -Weibchen.

D 417

Buchstaben-Männchen und -Weibchen.

Es ist noch die Frage, wer die meisten Erfindungen gemacht hat,
die Tiere oder die Menschen.

J 1074

Es ist noch die Frage, wer die meisten Erfindungen gemacht hat, die Tiere oder die Menschen.

Die Natur hat nur eine Regel für die Schriftsteller,
und die läßt sich in zwei Worten fassen:
Laßts laufen.
E 357

Die Natur hat nur eine Regel für die Schriftsteller, und die läßt sich in zwei Worten fassen: Laßts laufen.
Fabel
Roman
Haiku
Song
Essay
Epos
Farce
Novelle
Gedicht
Tragödie
Komödie

Wenn er eine Rezension verfertigt, habe ich mir sagen lassen,
soll er allemal die heftigsten Erektionen haben.

D 75

Wenn es eine Rezension verfertigt,

habe ich mir sagen lassen,

soll es allemal die heftigsten Erektionen haben.

Es gibt doch zu sonderbaren Gedanken Anlaß, einen Mann bei seiner Frau zu sehen.
Sie werden ausgemessen, und allerlei dabei gedacht, was man nicht denkt,
wenn man jedes allein sieht.

H 134

Es gibt doch zu sonderbaren Gedanken Anlaß,
einen Mann bei seiner Frau zu
sehen. Sie werden ausgemessen, und
allerlei dabei gedacht, was man nicht
denkt, wenn man jeden allein sieht.

Man hat vieles über die *ersten* Menschen gedichtet, es sollte es auch einmal jemand mit den beiden *letzten* versuchen.

J 697

Man hat vieles über die
ersten Menschen gedichtet,
es sollte es auch einmal
jemand mit den beiden
letzten versuchen.

Die Indianer nennen das höchste Wesen *Pananad* oder den Unbeweglichen
weil sie selbst gerne faulenzen.

C 273

Die Indianer nennen das höchste Wesen Pananad oder den Unbeweglichen weil sie selbst gerne faulenzen.

Die Professoren auf Universitäten sollten Schilde aushängen wie die Wirte.

D 248

Die Professoren auf Universitäten sollten Schilde aushängen wie die Wirte.

Da saß nun der große Mann, und sah seinen jungen Katzen zu.

D 527

X =
Da saß nun der große Mann, und sah seinen jungen Katzen zu.

Ich kann nicht leugnen, daß mir als ich zum erstenmal sah, daß man nun
in meinem Vaterland anfange zu wissen was Wurzelzeichen sind,
mir die klaren Freuden-Tränen in die Augen gedrungen sind.

D 514

Ich kann nicht leugnen, daß mir als ich zum erstenmal sah, daß man nun in meinem Vaterland anfange zu wissen was Wurzelzeichen sind, mir die klaren Freuden-Tränen in die Augen gedrungen sind.
Sie meinen 2², Madame?
Bitte √16 Eier!
Vielleicht ist die √ krank
Weißt du denn auch, wer ich bin?
Oh, oh! Die √ ist vereitert!
Aaah..
Du bist der √ sepp!

Wer eine Scheibe an seine Garten-Tür malt,
dem wird gewiß hineingeschossen.
J 614

Wer eine Scheibe an seine Garten-Tür malt,
dem wird gewiß hineingeschossen.

Der vollkommenste Affe kann keinen Affen zeichnen, auch das kann nur der Mensch, aber auch nur der Mensch hält dieses zu können für einen Vorzug.

J 613

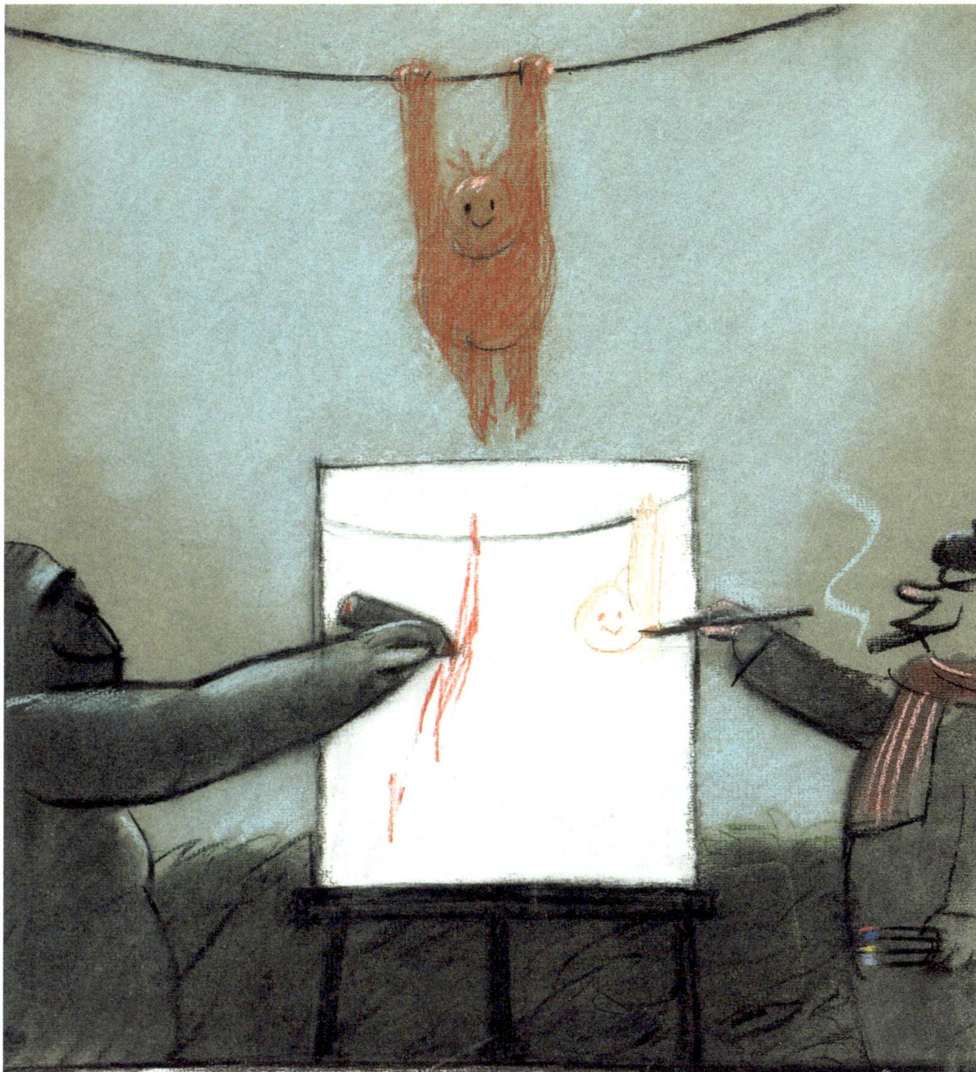

Der vollkommenste Affe kann keinen Affen zeichnen, auch das kann nur der Mensch, aber auch nur der Mensch hält dieses zu können für einen Vorzug.

Eine Uhr, die ihrem Besitzer immer um Viertel zuruft *Du* ... um halb *Du bist* – – um ¾ *Du bist ein* ... und wenn es voll schlägt:
Du bist ein Mensch.

D 59

Eine Uhr, die ihrem Besitzer immer um Viertel zuruft
Du...
um halb
Du bist...
um 3/4
Du bist ein...
und wenn es voll schlägt:
Du bist ein Mensch.

Das ist eine Arbeit wobei sich glaube ich
die Gedult selbst die Haare ausrisse.
D 245

Das ist eine Arbeit wobei ich glaube ich die Geduld selbst die Haare ausrisse.

Unsere Erde ist vielleicht ein Weibchen.

D 244

Unsere Erde ist vielleicht ein Stäubchen.

Es gibt kaum eine unangenehmere Lage als die Geschenke
von nichtswürdigen Dingen zu erhalten auf die aber
der Geber einen außerordentlichen Wert setzt.

J 1207

Es gibt kaum eine unangenehmere Lage als die Geschenke von nichtswürdigen Dingen zu erhalten auf die aber der Geber einen außerordentlichen Wert setzt

Die Kinder und die Narren sagen die Wahrheit, sagt man; ich wünsche daß jeder gute Kopf, der Neigung zur Satyre bei sich verspürt, bedenken möchte, daß der beste Satyriker immer etwas von beiden enthält.

J 746

Die Kinder und die Narren sagen die Wahrheit,
sagt man; ich wünsche daß jeder gute Kopf,
der Neigung zur Satyre bei sich verspürt,
bedenken möchte, daß der beste
Satyriker immer etwas von
beiden enthält.

Der Amerikaner, der den Kolumbus zuerst entdeckte,
machte eine böse Entdeckung.

G 183

Der Amerikaner, der den
Kolumbus zuerst entdeckte,
machte eine böse Entdeckung.

Es gibt in Deutschland Länder, wo die christliche Religion noch nicht Wurzel gefaßt,
oder wo sie wenigstens nicht die gehörige Wartung hat
und aussieht als wenn sie ausgehen wollte.

D 661

Es gibt in Deutschland Länder, wo die christliche Religion noch nicht Wurzel gefaßt, oder wo sie wenigstens nicht die gehörige Haltung hat und aussieht als wenn sie ausgehen wollte.

Der tragische Hanswurst.
F 1177

Der tragische Hanswurst.

Es gibt eine Art Vögelchen, die in die dicksten hohlen Bäume Löcher hacken, sie trauen ihren Schnäbeln so viel Kraft zu, daß sie allemal nach jedem Hieb auf die entgegengesetzte Seite des Baumes gehen sollen um zu sehen, ob der Streich nicht durch und durch gegangen sei.

C 134

Es gibt eine Art Vögelchen,
die in die dicksten hohlen Bäume Löcher hacken,
sie trauen ihren Schnäbeln so viel Kraft zu, daß sie allemal nach jedem Hieb
auf die entgegengesetzte Seite des Baumes gehen sollen
um zu sehen, ob der Streich
nicht durch und durch gegangen sei.

Wir bilden uns oft etwas auf Leute ein
die sich unserer schämen würden.
F 164

Wir bilden uns oft etwas auf Leute ein die sich unserer schämen würden.

Da werden die Engel einmal recht gelacht haben.

F 626

Da werden die Engel einmal recht gelacht haben
Hallo Jung?!
Oh!

Man spricht viel von Aufklärung, und wünscht mehr Licht. Mein Gott was hilft aber alles Licht, wenn die Leute entweder keine Augen haben, oder die, die sie haben, vorsätzlich verschließen?

L 472

Man spricht viel von Aufklärung, und wünscht mehr Licht. Mein Gott was hilft aber alles Licht, wenn die Leute entweder keine Augen haben, oder die, die sie haben, vorsätzlich verschließen?

Gewiß ist die Anbetung der Sonne zu verzeihen. Jedermann sieht schon unwillkürlich nach einem *hellen* Fleck. Das tun auch die Tiere, und was bei Katzen, Hunden unwillkürliches Starren, ist bei den Menschen Anbetung.

G 84

Gewiß ist die Anbetung der
Sonne zu verzeihen. Jeder-
mann sieht schon unwill-
kürlich nach einem hellen
Fleck. Das tun auch die Tiere,
und was bei Katzen, Hunden
unwillkürliches Starren, ist
bei den Menschen
Anbetung.

Relationen und Ähnlichkeiten zwischen Dingen zu finden, die sonst niemand sieht.
Auf diese Weise kann Witz zu Erfindungen leiten.

Goldpapierheft 86

Relationen sind Ähnlichkeiten zwischen Dingen zu finden, die sonst niemand sieht. Auf diese Weise kann Witz zu Erfindungen leiten.

Einer will sich ersäufen, allein sein großer Hund, der ihm nachgelaufen, apportiert ihn allemal wieder.

H 106

Einer will sich ersäufen, allein sein großer Hund, der ihm nachgelaufen, apportiert ihn allemal wieder

Das müßte ein Tropf von einem Naturkündiger sein, der wenn man ihn bei
5 000 Taler Besoldung ein paar Jahre einsperrte nicht wollte
einen Folianten über einen Kirschenstiel schreiben.

C 359

Das müßte ein Tropf von einem Naturkündiger sein, der wenn man ihn bei 5000 Taler Besoldung ein paar Jahre einsperrte nicht wollte einen Folianten über einen Kirschenstiel schreiben.

Es geht hier wie mit dem heiligen Christ und den Oster-Eiern, so bald man erfährt, wo sie herkommen, kriegt man keine mehr.

L 136

Es geht hier wie mit dem heiligen Christ und den Oster-Eiern, so bald man erfährt, wo sie herkommen, kriegt man keine mehr.

Das Trojanische Pferd mit dem Heidelberger Faß verglichen.

F 615

Das Trojanische Pferd mit dem
Heidelberger Faß verglichen.

Ein Mädchen, kaum zwölf *Moden* alt.

K 251

Hippie
Twiggy
Punkie
Military
Gipsy
Girlie
Armani
Safari
Gabi
Ein Mädchen, kaum zwölf Moden alt.

Der Esel kommt mir vor wie ein Pferd
ins Holländische übersetzt.

H 166

Der Esel kommt mir vor
wie ein Pferd ins Holländische
übersetzt.

So wie man den Heiligen eine Nulle über den Kopf malt.

F 167

1 000
So wie man den Heiligen
eine Nulle über den
Kopf malt.

Diesen mit Kaffee geschriebenen Brief wird Ihnen der Johann übergeben.
Ich hätte Blut genommen, wenn ich keinen Kaffee gehabt hätte.

F 282

Diesen mit Kaffee
geschriebenen Brief
wird Ihnen der
Johann übergeben.
Ich hätte Blut
genommen, wenn
ich keinen
Kaffee gehabt
hätte.

Wenn man gar nicht einmal die Geschlechter an den Kleidungen erkennen könnte,
sondern auch noch sogar das Geschlecht erraten müßte,
so würde eine neue Welt von Liebe entstehen.

F 320

Wenn man gar nicht einmal die Geschlechter an
den Kleidungen erkennen könnte, sondern sich
noch sogar das Geschlecht erraten müßte,
so würde eine neue Welt von Liebe
entstehen.

Die Geistlichen machen einen Lärm, wenn sie einen Mann sehen, der frei denkt, wie Hennen, die unter ihren Jungen ein Entchen haben, welches in das Wasser geht. Sie bedenken nicht, daß Leute in diesem Elemente eben so sicher leben, als sie im Trocknen.

G 87

Die Geistlichen machen einen Lärm, wenn sie einen Mann sehen, der frei denkt, wie Hennen, die unter ihren Jungen ein Entchen haben, welches in das Wasser geht. Sie bedenken nicht, daß Leute in diesem Elemente ebenso sicher leben, als sie im Trocknen.

Man wird bei allen Menschen von Geist eine Neigung finden sich kurz auszudrücken, geschwind zu sagen was gesagt werden soll.

E 39

Man wird bei allen Menschen von Geist eine Neigung finden, sich kurz auszudrücken, geschwind zu sagen, was gesagt werden soll!
ICH TARZAN. DU JANE?

In dem erdichteten Land können Kinder abgerichtet werden
anstatt Quadranten zu dienen, anstatt Uhren.

C 374

In dem erdichteten Land könnten
Kinder abgerichtet werden anstatt
Quadranten zu dienen, anstatt Uhren.

Galgen mit einem Blitzableiter.
L 550

Galgen mit einem Blitzableiter

Die letzte Hand an sein Werk legen,
das heißt verbrennen.
F 173

Die letzte Hand an sein Werk legen, das heißt verbrennen.

Theorie der Falten in einem Kopfkissen.

L 4s76

Theorie der Falten in einem Kopfkissen.

Er hielt sehr viel vom Lernen auf der Stube, und war also gänzlich für die gelehrte Stallfütterung.

H 118

Er hielt sehr viel vom Lernen auf der Stube, und war also gänzlich für die gelehrte Stallfütterung.

Daß der Mensch das edelste Geschöpf sei läßt sich auch schon daraus abnehmen, daß es ihm noch kein anderes Geschöpf widersprochen hat.

D 331

Daß der Mensch
das edelste Geschöpf sei
läßt sich auch schon daraus
abnehmen, daß es ihm noch kein an-
deres Wesen widersprochen hat.

Mutter unser die du bist im Himmel.

J 12

Mutter unser die du
bist im Himmel.

Unter den heiligsten Zeilen des Shakespear wünschte ich daß diejenigen einmal mit Rot erscheinen mögten, die wir einem zur glücklichen Stunde getrunkenen Glas Wein zu danken haben.

B 342

unter den heiligsten
Zeilen des Shakespear
wünschte ich daß diejenigen
einmal mit Rot erscheinen
mögten die wir einem zur
glücklichen Stunde getrun-
kenen Glas Wein zu danken
haben.

Er war in der Zeugungs-Gegend ein wahrer Presbyt, und wünschte oft herzlich daß man auch für jenen Sinn Brillen schleifen könnte.

J 671

Er war in der Zeugungs-gegend ein wahrer Presbyt, und wünschte oft herzlich daß man auch für jenen Sinn Brillen schleifen könnte.

Ein Amen-Gesicht.

F 939

Ein Amen-Gesicht.

Haben Sie was gefangen?
Nichts als einen Fluß.

J 121

Haben Sie was gefangen?
Nichts als einen ...

... Fluß.

Er wunderte sich, daß den Katzen gerade an der Stelle zwei Löcher in den Pelz geschnitten wären, wo sie die Augen hätten.

G 71

Er wunderte sich, daß
den Katzen gerade an der Stelle
zwei Löcher in den Pelz geschnit-
ten wären, wo sie die Augen
hätten.

Jemand beschrieb eine Reihe Weidenbäume, die in gewissen Distanzen gepflanzt waren, so: erst stund ein Baum, alsdann keiner, dann wieder einer und dann wieder keiner.

J 1007

Jemand beschrieb eine Reihe Weidenbäume, die in gewissen Distanzen gepflanzt waren, so:

Da gnade Gott denen von Gottes Gnaden.
J 857

Da gnade Gott denen
von Gottes Gnaden.

Wenn alle Menschen des Nachmittags um 3 Uhr versteinert würden.

E 207

Segal
Wenn alle Menschen des Nachmittags
um 3 Uhr versteinert würden.

Der liebe Gott muß uns doch recht lieb haben, daß er immer in so schlechtem Wetter zu uns kommt.

B 359

Der liebe Gott muß uns doch recht
lieb haben, daß er immer
in so schlechtem
Wetter zu uns kommt.

Im Deutschen reimt sich *Geld* auf *Welt*; es ist kaum möglich,
daß es einen vernünftigern Reim gebe;
ich biete allen Sprachen Trotz!
G 227

Im Deutschen reimt sich Geld auf Welt; es ist kaum möglich daß es einen vernünftigern Reim gebe; ich biete allen Sprachen Trotz!
l'amour toujours
SBET NET
amor dolor
wife knife
amore dottore

In einem Roman müßte es sich gut ausnehmen, des Helden Begriffe z. B. von der Erde
in einer kleinen Charte vorzustellen. Die Welt würde rund vorgestellt, in der Mitte
liegt das Dorf wo er lebt, sehr groß mit allen Mühlen pp vorgestellt,
und dann umher die andern Städte, Paris London sehr klein,
überhaupt wird alles sehr viel kleiner,
wie es weiter wegkömmt.

J 856

In einem Roman müßte es sich gut ausnehmen, des Helden Begriffe z.B. von der Erde in einer kleinen Charte vorzustellen. Die Welt würde rund vorgestellt in der Mitte liegt das Dorf wo er lebt, sehr groß mit allen Mühlen pp. vorgestellt, und dann umher die anderen Städte, Paris London sehr klein, überhaupt wird alles sehr viel kleiner, wie es weiter wegkömmt.

Das Vorlesen der Alten bei Tische wieder einzuführen, was bei der Suppe, was bei dem Braten, was bei dem Obst zu lesen sei, wir haben die vortrefflichsten Sachen für jede Schüssel.

C 364

Das Vorlesen der Alten bei Tische wieder einzuführen, was bei der Suppe, was bei dem Braten, was bei dem Obst zu lesen sei, wir haben die vortrefflichsten Sachen für jede Schüssel.

Überhaupt kann man nicht gnug bedenken, daß wir nur immer uns beobachten, wenn wir die Natur und zumal unsere Ordnungen beobachten.

J 392

Überhaupt kann man nicht genug bedenken, daß wir nur immer uns beobachten, wenn wir die Natur und zumal unsere Ordnungen beobachten.

Wenn die *feinen* Welt-Leute fragen: Gott weiß warum? so ist es immer ein sicheres Zeichen, daß sie außer dem lieben Gott noch einen großen Mann kennen, der es auch weiß.

F 940

Wenn die feinen Welt-leute fragen:

Gott weiß warum?

So ist es immer ein sicheres Zeichen, daß sie außer dem lieben Gott noch einen großen Mann kennen, der es auch weiß.

Der Mensch, die Penguinen und Sperlinge, wenn sie sich umsehen,
stehen fast aufrecht.

F 643

Der Mensch, die Penguinen und Sperlinge,
wenn sie sich umsehen, stehen fast
aufrecht.

Dinge, die mich vorzüglich zum Lächeln bringen konnten,
waren z. B. die Idee einiger Missionarien, einen ganzen
Hof voll Proselyten mit der Feuerspritze zu taufen.

H 6

Dinge, die mich vorzüglich zum Lächeln bringen konnten, waren z.B. die Idee einiger Missionarien, einen ganzen Hof voll Proselyten mit der Feuerspritze zu taufen.

Es gibt sehr viele Menschen, die unglücklicher sind, als du, gewährt zwar kein Dach darunter zu wohnen, allein sich bei einem Schauer darunter zu retirieren ist das Sätzchen gut genug.

J 739

Es gibt sehr viele Menschen, die unglücklicher sind, als du, gewährt zwar kein Dach darunter zu wohnen, allein sich bei einem Schauer darunter zu retirieren ist das Sätzchen gut genug.

Es wäre freilich gut, wenn es keine Selbstmorde gäbe. Aber man richte nicht zu voreilig. Wie in aller Welt wollte man z. B. in Trauerspielen die unnützen Personen wegschaffen?

K 227

Es wäre freilich gut, wenn es keine Selbstmorde gäbe. Aber man richte nicht zu voreilig. Wie in aller Welt wollte man z.B. in Trauerspielen die unnützen Personen wegschaffen?

Wer zwei Paar Hosen hat, mache eins zu Geld
und schaffe sich dieses Buch an.

E 79

Wer zwei Paar
Hosen hat,
mache eins zu
Geld
und schaffe
sich dieses
Buch
an.
Robert Gernhardt
Unsere Erde ist
vielleicht ein Weibchen
99 Sudelblätter zu 99 Sudelsprüchen

Vielleicht hält ein höheres Geschlecht von Geistern unsere Dichter wie wir die Nachtigallen und Kanarienvögel; ihr Gesang gefällt ihnen eben deswegen, weil sie keinen Verstand darin finden.

G 141

Vielleicht hält
ein höheres Geschlecht
von Geistern
unsere Dichter
wie wir die Nachti-
gallen und Kana-
rienvögel; ihr
Gesang gefällt ihnen
eben deswegen, weil
sie keinen Verstand
darin finden.

Ich kann es wohl begreifen aber nicht *anfassen* und umgekehrt.

C 277

Ich kann es wohl begreifen
aber nicht anfassen

und umgekehrt.

Immer eine Spanne weiter. gut, noch besser. neu, noch neuer.
Immer etwas dazu??
D 102

Immer eine Spanne
weiter
gut,
noch besser.
neu,
noch neuer.
Immer etwas dazu??

NACHWORT

Lichtenberg – ein verhinderter Cartoonist?

Vortrag, gehalten auf der Jahrestagung der Lichtenberg-Gesellschaft in Ober-Ramstadt im Juli 1995

Ob Lichtenberg ein verhinderter Cartoonist gewesen sei, ist eine jener Fragen, die sogleich weitere Fragen nach sich ziehen: Was meint »Cartoonist«? Und was bedeutet: »verhindert«?

Cartoonist meint auf jeden Fall nicht »Karikaturist«. Als solcher hat sich Lichtenberg wiederholt

Lichtenberg karikiert – nicht datierbar – eine Frau

betätigt, ob er nun einen Brief an seine Frau mit dem Portrait einer zufällig an seinem Fenster vorbeigehenden Schnapsdrossel versah, oder ob er in

Lichtenberg karikiert 1787 einen Professor

einem Brief an Professor Blumenbach in zwei gezeichneten Phasen verdeutlicht, wie das Gesicht des verstorbenen Kollegen Hollmann bei der Vorstellung erstrahlte, er wollte, wenn ihn nicht gewisse Rücksichten abhielten, in seinem Testament verfügen, daß sein Leib einmal »mit Pauken und Trompeten« auf die Anatomie gebracht würde.

Dem Karikaturisten genügt im Notfall die – mit Lichtenberg zu sprechen – unterhaltsamste Fläche der Welt, das menschliche Gesicht, der Cartoonist braucht mehr Raum. Er will einen komischen Sachverhalt mitteilen, und das geht in der Regel nicht ohne Personal und deren Umwelt, wobei das Personal nicht aus Menschen bestehen muß, sondern aus allem rekrutiert werden kann, was sich animieren läßt, also auch aus Tieren, Teufeln, Engeln, sowie aus sämtlichen unbelebten Gegenständen, die mittels der Einbildungskraft in Bewegung gesetzt werden können. Der Cartoonist ist demnach ein Erzähler, freilich einer, der sich kurz faßt – meist beschränkt er sich auf *ein* Bild.

Solche bildhaften Kurzerzählungen hat Lichtenberg nicht zu bieten, den Cartoon nämlich konnte er trotz seiner England-Reisen ebensowenig kennen wie irgendeiner seiner Zeitgenossen – es gab ihn ganz einfach noch gar nicht. Es gab bereits die Portraitkarikatur eines Thomas Rowlandson, es gab die moralisierende Karikatur eines William Hogarth, es gab die Polit-Karikatur eines Isaac Cruikshank – der Cartoon aber, die untendenziöse bildliche Darstellung eines komischen Sachverhalts mit Mitteln der Karikatur ebenso wie, bei Bedarf, unter Zuhilfenahme realistischer Darstellungsweisen oder Hochkunstanleihen, ist eine Erfindung des 19. Jahrhunderts, die ihre Blütezeit im 20. Jahrhundert erlebte.

Hier nun könnten wir den Fall bereits ad acta legen: Nein, Lichtenberg war kein Cartoonist, da allzu frühe Geburt es ihm leider verwehrte, einer zu sein – doch einem solch raschen und schlichten Fazit widerspricht der ebenso einfach zu belegende Sachverhalt, daß der Sudelbuchschreiber Lichtenberg gerade in der zweiten Hälfte dieses Jahrhunderts nicht aufgehört hat, Cartoonisten zu interessieren und zu inspirieren, ein Umstand, der zumindest auf eine untergründige Verwandtschaft zwischen dem Schreiber und den Zeichnern schließen läßt und nach Art dieser Verwandtschaft fragen lassen sollte: Ist Lichtenberg etwa deswegen ein verhinderter Cartoonist, weil er seine Cartoons nicht gezeichnet, sondern lediglich geschrieben hat?

Bevor ich mich in weiteren Vermutungen ergehe, will ich eine Antwort mit Hilfe handfester Beispiele versuchen. Der Einfachheit halber möchte ich mich auf einen Fall beschränken: meinen. Dennoch sei vorausgeschickt, daß ich kein Einzelfall bin:

1992 bekam ich vom Göttinger Ausstellungsmacher WP Fahrenberg eine Einladung, mich an einer Ausstellung anläßlich von Lichtenbergs 250. Geburtstag zu beteiligen. »Lichtenberg Connection« nannte sich das Unternehmen, die Art des Beitrags war freigestellt. Gezeichnet sollte er sein und sich auf Lichtenberg beziehen – eine Bebilderung von Lichtenbergs Sudelsätzen lag nahe. So nahe jedenfalls, daß ein Drittel der 63 Beiträger dieser Art der Hommage wählte, ich immer vorneweg. Nicht weniger als fünf Blätter steuerte ich bei, und damit nicht genug: ich legte sie auch Thomas Schröder vor, dem Leiter des FAZ-Magazins: Ob er sich diese Art von bildlichem Kommentar zu Lichtenberg als Kolumne vorstellen könne? Schröder fragte zurück, wie weit denn meiner Meinung nach diese immerhin zwei Jahrhunderte übergreifende Zusammenarbeit zu treiben sei. Ich tippte auf 30 bis 40 Blatt, und er gab grünes Licht mit dem Ergebnis, daß bis Ende 1994 in loser Folge 39 »Sudelblätter«, so nannte sich die Folge, erschienen, durchweg überwacht und betreut von Jürgen Werner, der mich immer dann unerbittlich zur Ordnung rief, wenn ich mal wieder Lichtenbergs »Ordografie« oder Interpunktion ohne bösen Willen verändert hatte.

Seit Beginn dieses Jahres pausieren die Sudelblätter, sie sollen allerdings wieder erscheinen, wenn der wechselnde Heftumfang es zuläßt.

Ich aber hatte mittlerweile Blut geleckt und mehr gezeichnet, als das Magazin verkraften konnte: An den Wänden der Ober-Ramstädter »Scheunengalerie« hängen 54 Blätter; zusammen mit zwei Arbeiten in Privatbesitz habe ich bisher 56 solcher Blätter gezeichnet, und wenn man schon mal über den 50er-Berg ist, liegt es nahe, gleich die Hundert anzusteuern und an einen schönen Prachtband zu denken sowie an einen Wochenkalender, der spätestens im Lichtenberg- und Jahrtausendsterbejahr 1999 für etwas Ermunterung und Ermutigung sorgen könnte und sollte.

Genug der Vorschau – bevor ich anhand der hier versammelten Blätter eine Zwischenbilanz ziehe, sei noch ein rascher Rückblick gestattet. Daß Fahrenbergs Aufforderung bei mir auf fruchtbaren Boden fiel, hat natürlich eine Vorgeschichte. Dazu gehört weniger, daß ich in Göttingen aufgewachsen bin, wichtiger war da schon der Onkel Meinhard Hasselblatt, der gerne Lichtenberg zitierte und durch den ich erstmals den Homer-Spezialisten kennen und belachen lernte, der immer »Agamemnon« las statt »angenommen«. Als Schmalspur-Germanistik-Student kaufte ich meine erste umfangreichere Lichtenberg-Auswahl, es handelte sich um die von Franz H. Mautner herausgegebenen »Gedankenbücher« aus der Reihe »Exempla Classica« der Fischer Bücherei. Das war 1963, 1980 dann war ich reif für die Promiessche Hanser-Dünndruck-Ausgabe, die ich nicht nur erwarb, sondern auch nach besten Kräften durchzulesen und zu bedenken suchte, beim Eintrag J 856 findet sich mein Bleistiftzusatz »Steinberg!«, dazu gleich mehr. 1983 bekam ich – nicht ganz zufällig – Albrecht Schönes Überlegungen zu Lichtenbergs Konjunktiven geschenkt, und als ich jetzt wieder darin blätterte, stieß ich, ein wenig überrascht, auf einen Bleistiftstrich samt Ausrufezeichen. Beide galten einer Aufforderung Lichtenbergs, der ich exakt zehn Jahre später Folge leisten sollte: »Man hat vieles über die *ersten* Menschen gedichtet, es sollte es auch einmal jemand mit den beiden *letzten* versuchen.«

1991 dann gab eine Anregung des bereits erwähnten Ausstellungsmachers den Anstoß dazu, beide etwas genauer zu lesen, den Lichtenberg und die Lichtenberg-Verehrer, da Fahrenberg fragte, ob ich mich nicht zu Lichtenberg äußern wolle. Anlaß war eine Ausstellung von Horst Janssens Zeichnungen zu Lichtenberg im Beverner Renaissance-Schloß, und das Ergebnis meiner Überlegungen war ein kleiner Vortrag, »Trost bei Lichtenberg«, so daß ich einigermaßen präpariert und informiert dastand, als mich Fahrenbergs Aufforderung ereilte, Lichtenberg diesmal nicht in Worten, sondern in Bildern zu kommentieren.

»Die Menschen machen sich Bilder von allem«, lesen wir bei Lichtenberg. Das stimmt, ebenso wahr ist aber auch, daß es doch sehr vom Anlaß abhängt, wie leicht dem jeweiligen Menschen dieses Sicheinbildmachen fällt. Als ich erstmals die Sudelbücher nach Bildträchtigem durchsuchte, blieb ich erneut beim Eintrag J 856 hängen: »In einem Roman müßte es sich gut ausnehmen, des Helden Begriffe z. B. von der Erde in einer kleinen Charte vorzustellen. Die Welt würde rund vorgestellt, in der Mitte liegt das Dorf wo er lebt, sehr groß mit allen Mühlen pp vorgestellt, und dann umher die andern Städte, Paris London sehr klein, überhaupt wird alles sehr viel kleiner, wie es weiter wegkömmt.«

»Steinberg!« hatte ich seinerzeit an den Rand geschrieben und damit meine Verwunderung darüber zum Ausdruck gebracht, daß dieser vermutlich größte amerikanische Cartoonist Lichtenbergs Einfall zirka 200 Jahre später so ziemlich wortwörtlich ins Bild gesetzt hatte. Ohne ihn zu kennen, vermute ich, und mit dem Unterschied, daß nicht ein Dorf den Mittelpunkt der gezeichneten Welt bildet, sondern New York, wo es freilich genauso provinziell zugeht: Je näher, desto größer. Auf der 9. und 10. Avenue sind noch alle Details auszumachen, doch bereits hinter dem Hudson River beginnt die »terra incognita« des amerikanischen Westens, bis am Horizont des Pazifiks China, Japan und Sibirien eine ununterscheidbare Landkette bilden.

Steinberg sieht 1976 New York mit den Augen des New Yorkers

Eine Cartoon-Idee? O ja – eine der durchtriebensten und zugleich einleuchtendsten Art: Auf einen Blick sieht der Betrachter, wie beschränkt sein Gesichtskreis ist, und lachend stimmt er der eigentlich niederschmetternden Erkenntnis zu, daß jeder sich selbst der Nächste und daher der zwangsläufige Mittelpunkt der belebten Welt ist.

Ursprünglich 1976 als Titelblatt für die Zeitschrift »The New Yorker« gezeichnet, machte der Einfall bald weltweit Karriere, als Poster mit dem Originalaufdruck »The New Yorker« ebenso wie in ungezählten Plagiaten; allein in Frankfurt wird nicht nur »The Frankfurter« angeboten, sondern auch ein Blatt, das sich »The Sachsenhäuser« nennt.

Warum sollte ausgerechnet die Stadt Göttingen auf »The Göttinger« verzichten müssen, dachte ich bei der Lichtenberg-Lektüre und zeichnete ein Blatt, auf dem ich gleich drei Fliegen mit einer Klappe schlug: Erstens ist es eine Hommage an Lichtenberg, dessen Worte schlagend belegen, daß er die vermutlich erfolgreichste Cartoon-Idee dieses Jahrhunderts vor zwei Jahrhunderten erstmals gedacht hat. Zweitens ist es eine Hommage an Steinberg, dessen Technik und bildnerische Erzählweise ich in diesem Fall, so gut ich es vermochte, kopieren durfte. Und drittens ist es eine Hommage an Göttingen, jene Stadt, in der ein Lichtenberg lehrte und ein Gernhardt lernte, und die dieser Tatsache mittlerweile dadurch Rechnung trägt, daß das Poster-Motiv »The Göttinger« in Göttingen von Göttingern und Nichtgöttingern erworben werden kann.

Hier nun könnte ich meine Überlegungen erneut abschließen, diesmal mit dem Fazit: Ja, Lichtenberg war ein Cartoonist ante letteram; doch da ich schon einmal dabei bin, möchte ich in einem Aufwasch weitere Beispiele dafür anführen, auf welch unterschiedliche Weise Lichtenbergs Worte die Lust kitzeln, sich ein Bild von ihnen zu machen.

Der komische Zeichner liebt es, mit fremden Federn zu zeichnen, Lichtenberg ermuntert ihn zu Parodie und Travestie von Hochkunstvorgaben. Um den Satz »Mutter unser die du bist im Himmel« ins Bild zu setzen, wählte ich als Vorlage eine »Anbetung der Hirten« von Giorgione; bei der Bebilderung der Eintragung D 65 stand ein anderer Künstler Pate: »Eine Fleder-Maus könnte als eine nach Ovids Art verwandelte Maus angesehen werden, die, von der unzüchtigen Maus verfolgt, die Götter um Flügel bittet, die ihr auch gewährt werden.«

Welcher Kunstfreund würde bei diesen Worten nicht an eine andere berühmte Verfolgungs- und Verwandlungsszene denken, von Ovid erzählt und von Bernini in Marmor gehauen? Die Rede ist natürlich von Daphne, die den Nachstellungen Apolls dadurch entgeht, daß ein Flußgott sie in einen Lorbeerbaum verwandelt – es lag nahe, auch die wundersame Verwandlung der Maus in eine Fledermaus als barocke Skulptur ins Bild zu setzen. Ein sehr anregendes Motiv, dessen Komik natürlich bereits dadurch vorgegeben ist, daß Lichtenberg den hehren Vorgang der geretteten Unschuld von reichlich unangemessenem Personal darstellen läßt, von ebenso kleinen wie bekanntermaßen fruchtbaren, also alles andere als unschuldigen Tieren.

Tiere – ein weiterer Grund dafür, warum die Zusammenarbeit zwischen dem Texter Lichtenberg und dem komischen Zeichner so reibungslos, ja beschwingt vonstatten geht. Der Cartoon verlagert menschliche Probleme des Kontrasts und der Verallgemeinerung halber gern ins Tierische oder Heilige – Lichtenberg denkt und formuliert kontrastreich und bildhaft. Wenn er den Sachverhalt, daß ein dummer Mensch nicht allzuviel von einem klugen Buch zu erwarten hat, in die Worte faßt »Ein Buch ist ein Spiegel, wenn ein Affe hineinguckt, so kann freilich kein Apostel heraus sehen« – dann zieht er alle komischen Register, bis hin zur Alliteration Affe – Apostel; und wenn ich diese Szene nicht ins Bild gesetzt habe, dann deshalb, weil jede Zeichnung in diesem Fall auf schlichte Bebilderung hinausgelaufen wäre, auf eine Tautologie, die den schlagenden, vollkommen präzis pointierten Witz des Satzes lediglich verdoppelt und damit geschwächt hätte. Schade – wo ich doch so gerne Tiere zeichne; kein Beinbruch, da es in Lichtenbergs Eintragungen von Tieren nur so wimmelt, von weiteren Affen, von Bibern, Nachtigallen, Kanarienvögeln, Sperlingen, Pinguinen, Hunden, Katzen, Hühnern, Enten und Pferden – bei elf der 56 Blätter waren Tiere von Lichtenberg vorgegeben, in einer Reihe von weiteren Blättern bediente ich mich der Kontrasttechnik und ließ Tiere an Menschen Statt agieren, zum Beispiel bei »Schlankheit gefällt wegen des besseren Anschlusses im Beischlaf und der Mannigfaltigkeit der Bewegung«. Eine Einsicht, die ich durch ein dickes Kaninchen und eine schlanke Schlange verkörpern lasse, eine noch schlanke Schlange, sei hinzugefügt, da sich eine solche Befindlichkeit rasch ändern kann, jedenfalls im Tierreich.

Der Cartoonist liebt den Kontrast, da der komische Fallhöhe schafft – ebenso lieb wie Tiere sind ihm daher auch Gott, Götter, Engel, Dämonen und Teufel, und auch in diesem Punkt treffen sich seine Bedürfnisse mit Lichtenbergs Art und Weise, Welt und Schöpfung zu sehen.

»Unsere Erde ist vielleicht ein Weibchen«, mutmaßt er, aber wem wir Männchen und Weibchen unsere Existenz auf dieser Erde verdanken, ist leider unzweifelhaft: »Ich glaube kaum, daß es möglich sein wird zu erweisen, daß wir das Werk eines höchsten Wesens, und nicht vielmehr zum Zeitvertreib von einem sehr unvollkommenen sind zusammengesetzt worden.« Daher sind wir zwangsläufig mißratene Geschöpfe, ja lächerliche Zwitter: »So wie uns Vetter Engel und Vetter Affe auslachen.«

Das unvollkommene Wesen, das uns zum Zeitvertreib zusammengesetzt hat, habe ich gezeichnet, Vetter Engel und Vetter Affe sind noch nicht in dieser Ausstellung zu finden, aber in Arbeit. Bei den anvisierten 100 Blättern werden sie dabei sein – nach langem Überlegen glaube ich eine Antwort auf die Frage gefunden zu haben, bei welchem Anlaß wir Menschen eigentlich Gegenstand des Gelächters von sowohl Tier wie Geist sein könnten: Das feststellende »So« Lichtenbergs wird von ihm leider nicht mit Inhalt gefüllt und provoziert zwangsläufig ein »Wieso?« des Lesers.

Eine Leserfrage, die auf den meiner Erfahrung nach zugleich stärksten und vertracktesten Ansporn hindeutet, zu den Worten der »Sudelbücher« Bilder finden zu wollen: auf Lichtenbergs Fragen.

Vertrackt ist dieser Ansporn deswegen, weil Lichtenbergs Fragen selten in Fragesätze gekleidet sind. Einige seiner offenkundigen Fragesätze habe ich zum Anlaß von Zeichnungen genommen, immer waren es rhetorische Fragen, deren Antwort unstreitig feststand: Die Frage »Ja was ist der Mensch anders als ein verworrnes Bündel Röhren?« wird jeder Einsichtige ebenso mit »Stimmt« beantworten wie die Frage »Was ist der Mensch anders als ein kleiner Staat der von Tollköpfen beherrscht wird pp?«

Da die Antwort beide Male feststeht, war sie nicht allzu schwer zu zeichnen; viel kniffliger sind jene Fragen, die im unschuldigen Gewand Lichtenbergischer Aussagesätze daherkommen. Freilich gibt es auch hier unterschiedliche Schwierigkeitsgrade. Einigermaßen einfach liegt der Fall bei »So wie es vielsilbige Wörter gibt, die sehr wenig sagen, so gibt es auch einsilbige von unendlicher Bedeutung«.

Die Frage lautet natürlich: Was sind das für Wörter? Und die Antwort wird vermutlich bei zehn einigermaßen wachen Befragten einigermaßen ähnlich ausfallen – zumindest, was die einsilbigen Wörter betrifft.

Schwieriger ist da schon die Antwort auf den Eintrag »Ein Amen-Gesicht«. Da heißt die Frage: Wie haben wir uns ein solches Gesicht eigentlich vorzustellen? Damit ist der Zeichner gefordert, und in diesem Fall vermute ich, daß zehn Zeichner zu zehn recht unterschiedlichen Lösungen gelangen könnten, obwohl den Variationsmöglichkeiten natürlich Grenzen gesetzt sind: Immer wird ein Gesicht im Mittelpunkt stehen, immer wird es um Frommsein und Frömmelei gehen.

Anders beim dem Eintrag »Einer will sich ersäufen, allein sein großer Hund, der ihm nachgelaufen, apportiert ihn allemal wieder«. Da lautet die Frage nicht: Wie sieht der Mann aus? oder: Wie sieht der Hund aus? oder gar: Wie sieht der Vorgang aus? sondern: Wieso will der sich immer wieder ersäufen? Hier ist also der von Lichtenberg »Ursachen-Bär« getaufte Mensch gefordert, in diesem Fall der Erzähler, und zwar einer, der sowohl die komischen Vorgaben »großer Hund – kleiner Mann« zu nutzen weiß, als auch die Kunst beherrscht, eine pointierte Antwort zu geben, der Cartoonist also; eine geschriebene Begründung des Vorgangs vermag ich mir nicht vorzustellen, jedenfalls keine, die mit der für den Witz erforderlichen Knappheit ausfiele.

Doch gilt das auch noch für die ziemlich abgründigen Fragen, die sich in die folgenden beiden, schlicht daherkommenden Sätze verkleidet haben?

»Nun wüßte ich doch auf fürwahr außer dem Teufel niemanden, der etwas hiergegen aufbringen könnte«, lautet der eine Satz, und sein Pendant heißt folgerichtig: »Da werden die Engel einmal recht gelacht haben.«

Verkehrte Welt: Was um Himmels willen vermag den Fürsten der Finsternis aus der Fassung zu bringen, ihn, dessen Daseinszweck doch darin besteht, die Geschöpfe Gottes in Heil- und Fassungslosigkeit zu stürzen? Und was in drei Teufels Namen mag das Lachen der Engel verursacht haben, jene Reaktion, die – anders als Jubel oder Freude – nie ganz frei ist von den satanischen Beimischungen der Häme, der Überheblichkeit, der Albernheit? In beiden Fällen ist die Art der Antwort ebensowenig vorgegeben, wie ihrem Inhalt Grenzen gesetzt sind – in Frage kommt so gut wie alles zwischen Himmel und Erde. Eben diese Unendlichkeit aber stellt natürlich das Problem für den dar, der in diesem Heuhaufen der Möglichkeiten nach der Stecknadel des Witzes sucht – in strikter Umkehrung des berühmten Goethe-Satzes über Lichtenberg: »Lichtenbergs Schriften können wir uns als der wunderbarsten Wünschelrute bedienen: wo er einen Spaß macht, liegt ein Problem verborgen.«

Andersherum wird ein Schuh draus – jedenfalls bei den erwähnten Sätzen: »Wo Lichtenberg ein Problem aufwirft, liegt ein Witz verborgen«; doch um auf den zu stoßen, muß der Sucher im Besitz einer auf Fremdwitz sympathetisch reagierenden Wünschelrute sein, also über eigenen Witz verfügen. Kein Wunder, daß immer wieder Schriftsteller und Zeichner die Lichtenbergische Herausforderung angenommen haben, sich als Besitzer eines solchen Instruments zu beweisen – daß nicht jeder dieser Versuche auch auf Witzadern gestoßen ist oder stößt, ist eine andere Geschichte.

An dieser Stelle sei mir eine Einfügung gestattet: Während der Abfassung dieser Überlegungen blätterte ich in den »Sudelbüchern« und stieß dabei auf zwei weitere dieser heimtückischen Lichtenbergischen Fragen: »Und das ist allenfalls noch das einzige was sich gegen die Abschaffung der zehen Gebote und des Vaterunsers sagen läßt«, sowie: »Hiermit hätte man freilich einen weit standhafteren Mann bewegen können etwas weit Schlimmeres zu tun.« »Das« – war? »Hiermit« – womit? Ich gestehe, daß ich auf beide Fragen noch keine Antwort habe und möchte die Beantwortung daher delegieren – wozu gibt es eine Lichtenberg-Gesellschaft?

In der Regel überläßt es Lichtenberg seinen Lesern, den Frage- und Aufforderungscharakter seiner scheinbaren Aussagen zu erkennen, in einem bereits erwähnten Fall wird er deutlicher; da dringt er regelrecht darauf, daß einmal auch die Geschichte der letzten beiden Menschen geschrieben werde.

Jemand hat dies getan, Arno Schmidt in seinem Roman »Schwarze Spiegel«, was mich dazu anspornte, den Versuch zu unternehmen, Lichtenbergs Anregung dadurch nachzukommen, daß ich die Essenz von Arno Schmidts längerem Gedankenspiel auf eine Seite und sieben Bilder komprimierte, so den überwiegend bildkünstlerischen Dreiern Lichtenberg – Gernhardt – Steinberg oder Lichtenberg – Gernhardt – Bernini einen wortkünstlerischen Akkord hinzufügend: Lichtenberg – Gernhardt – Schmidt.

Wer als einigermaßen firmer Lichtenberg-Leser aufmerksam durch die Ausstellung geht, wird feststellen, daß einige der bekanntesten und witzigsten Sprüche Lichtenbergs fehlen, nicht nur der bereits erwähnte ins Buch schauende Affe, auch das Buch und der Kopf, die zusammenstoßen; die zwei Paar Hosen, von denen man eines verkaufen soll, um dieses Buch zu erwerben, der Homer-Leser schließlich. Sie fehlen – ich tippte es bereits an –, weil sie so rundum witzig sind, daß es witzlos wäre, das Offenkundige im Medium der Zeichnung nochmals kundzutun. Ich will jedoch nicht verschweigen, daß ich mich an dem einen oder anderen dieser Sätze versucht und für die »Hosen« eine Lösung gefunden zu haben glaube, die Lichtenbergs Diktum eine überraschende Seite abgewinnt. Aber ich habe gut reden – noch existiert diese vermeintliche Lösung lediglich in Skizzenform. Soweit meine Erfahrungen, an die ich noch eine Überlegung und eine Spekulation anknüpfen möchte.

Ist das denn so ausgemacht, daß es sich zu Lichtenberg so ganz besonders gut und leicht zeichnen läßt? überlegte ich. Trifft das nicht auch für andere Schriftsteller zu, die sich kurz zu fassen wußten, beziehungsweise sich kurz fassen? Liegt es vielleicht an Unkenntnis, Phantasielosigkeit oder schlichtem Nachahmungsdrang, wenn sich Zeichner seit Jahrzehnten, seit den Bilderbüchern der Fritz Fischer, H. E. Köhler und Horst Janssen also, immer wieder an Lichtenberg versuchen und nicht an einem der anderen Aphoristiker deutscher Zunge? Um die Antwort vorwegzunehmen: Nein.

Fritz Fischer zeichnet 1953 zu Aphorismen von Lichtenberg (aus: G.C. Lichtenberg, »Aphorismen«, Hanser Verlag)

Er wunderte sich, daß den Katzen gerade an der Stelle zwei Löcher in den Pelz geschnitten wären, wo sie die Augen hätten.

H. E. Köhler zeichnet 1977 zu Aphorismen von Lichtenberg (aus: »Sticheleien mit der Zeichenfeder«, Herderbücherei)

Ein Nein, das ich begründen kann, da es sich auf eigene Anschauung gründet, auf die Lektüre von drei repräsentativen Sammlungen kurzer und kürzester Texte deutscher Denker und Dichter des vorigen und dieses Jahrhunderts. Mit dem Auge des Zeichners durchlas und durchmaß ich Goethes »Maximen und Reflexionen«, Nietzsches »Menschliches Allzumenschliches Band I und II« sowie »Das Geheimherz der Uhr« von Elias Canetti. Werke aus fast zwei Jahrhunderten also, aus den ersten drei Jahrzehnten des vorigen Jahrhunderts, aus dessen 70er und 80er Jahren, sowie »Aufzeichnungen 1973 bis 1985«, so der Untertitel des Buchs von Canetti, und zugleich alles Bücher, die zweierlei gemeinsam haben: Alle drei Autoren bringen in ihnen expressis verbis ihre Verehrung Lichtenbergs zum Ausdruck, und in allen dreien gibt es sehr wenig zu lachen und so gut wie nichts zu zeichnen, was, behaupte ich, auf eine dritte Gemeinsamkeit schließen läßt, die, daß die drei Verehrer nicht allzuviel mit dem Verehrten gemein haben können. Die Gründe freilich, warum mir zu Goethe, Nietzsche und Canetti wenig einfiel, waren von Fall zu Fall verschieden.

»Ein Siegelring ist schwer zu zeichnen. Den höchsten Sinn im engsten Raum«, dichtet Goethe im »West-Östlichen Divan«. »Der Spruch ist der Siegelring des Divans«, erläutert Max Hecker, der Herausgeber meiner Ausgabe der »Maximen und Reflexionen«, bei denen es sich seiner Meinung nach um solche »Sprüche« handelt. »Der Spruch ist ein abgerundetes concentriertes Kunstwert, worin nur Eine Idee nach Darstellung suchen darf und vollkommene Darstellung erreichen muß. Er ist der Schlußsatz aus Prämissen, die unausgesprochen bleiben« – einem Schlußsatz aber kann man schlecht noch etwas hinzufügen, ganz gleich, ob in Wort oder Bild. Eine Maxime wie »Was aber ist deine Pflicht? Die Forderung des Tages« läßt sich nicht bildnerisch kommentieren, höchstens in Schönschrift an Offizierskasino-Wände oder in Gemeindehäuser malen.

Beileibe nicht alle Sprüche, die Goethe – fast hätte ich in diesem Falle gesagt: klopft, nein: notiert, sind derart gußeisern, ein fast durchgehender Ernst jedoch ist ihnen nicht abzusprechen: »Das Glück des Genies: wenn es zu Zeiten des Ernstes geboren wird«, heißt es da, woraus folgt, daß es ein Unglück ist, in Zeiten des Humors geboren zu werden: Der nämlich »begleitet abnehmende Kunst, zerstört, vernichtet sie zuletzt«.

Daß das Ernstmachen dem Lustigmachen überlegen und vorzuziehen sei, meint auch Nietzsche, doch anders als Goethe ist ihm um den Sieg der Ernstmacher nicht bange: »Je höher die Cultur eines Menschen steigt, um so mehr Gebiet entziehen sich dem Scherz, dem Spotte«, sagt er und fährt fort: »Jetzt fragt man nach den Ursachen; es ist ein Zeitalter des Ernstes«, was zur Folge hat, daß nicht nur Nietzsche wenig Witz an den Tag legt, sondern, schlimmer noch, dem Leser und Zeichner keiner abverlangt wird.

Erinnern wir uns an Lichtenbergs Anregung, von den beiden letzten Menschen zu erzählen: Lichtenberg appelliert an den Möglichkeitssinn des phantasiebegabten Lesers, Nietzsche konstatiert eine Unmöglichkeit: »Der Darstellung des letzten Menschen, das heißt des einfachsten und zugleich vollsten, war bis jetzt kein Künstler gewachsen«. Dem kann ich nur zustimmen, fraglich ist freilich, ob die Darstellung dieses einfachsten und zugleich vollsten Menschen überhaupt wünschenswert wäre und ob sie nicht auf das Bild des schlichtesten und zugleich abgefülltesten Menschen hinausliefe.

Letzter Mensch auch bei Canetti: »Der letzte Mensch, auf den alle Götter ihre Hoffnung setzen. Was wird aus ihnen, wenn sie verloren haben?« Eine auf den ersten Blick durchaus Lichtenbergische Kontrastsituation, hie Mensch – hie Götter, gefolgt von einer Frage, die scheinbar nach einer Antwort verlangt und die eine Vielfalt möglicher Antworten zuzulassen scheint. Fragt man jedoch weiter, dann entpuppt sich Canettis Frage als eher unsinnig denn tiefsinnig: Welche Götter sollen das denn sein?

Hätte Canetti lediglich von Gott gesprochen, so ließe sich ein einigermaßen plausibler gezeichneter Kommentar denken: Gott, der den letzten Menschen wie ein Singvögelchen am Spieß über der Holzkohlenglut röstet, ein melancholischer Ex-Schöpfer, der sich seines letzten Geschöpfes und damit seines Schöpfer-Status entledigt hat – doch Canetti sagt ja ausdrücklich »Götter«. Was für Götter kann er meinen, da doch die ägyptischen, griechischen, römischen und germanischen lange vor dem letzten Menschen gestorben sind? Oder sollte Canetti Gottheiten gemeint haben – Allah, Jehova, Wischnu, Buddha? Ich weiß zu wenig über die Weltreligionen, vermute aber, daß die jeweiligen höchsten Wesen sich in höchst unterschiedlicher Abhängigkeit von ihren Gläubigen befinden – setzt ein Buddha seine Hoffnungen nicht eher auf ein Verschwinden des Menschen, als auf dessen Überleben?

Fruchtlose Fragen, die lediglich belegen sollen, woran es liegt, daß dem Zeichner nichts zu Canetti einfällt: Wo Lichtenberg vieldeutig ist, ist Canetti vage, wo bei Lichtenberg ein häufig noch unbestimmtes, aber wahrnehmbares Lichtlein dazu verlockt, einen längeren Gedankengang zurückzulegen, um Anlaß und Grad der Erleuchtung zu überprüfen, bleibt Canetti nebulös.

Man vergleiche Lichtenbergs Eintragung »Buchstaben-Männchen und -Weibchen« mit Canettis »Der Aufstand des Alphabets«. Lichtenberg faßt eine Beobachtung in Worte, die schlagartig erhellt, wie sehr wir Menschen dazu neigen, ja dazu verdammt sind, uns selber in alles hineinzusehen und in allem wiederzufinden, selbst in den Buchstaben des Alphabets. Was aber mag das Alphabet selber dazu bewegen, nach Menschenart den Aufstand zu proben? In diesem Fall blieb bei mir nicht nur jähe Erleuchtung aus, auch nach längerem Nachdenken dämmerte mir nicht, was Canetti mit dem Eintrag gemeint haben könnte – ebensowenig übrigens begriff ich seine ebenfalls auf Schrift bezogenen Notizen »Der Traum des Semikolon« oder »Lesefrüchte eines Analphabeten«.

»Galgen mit einem Blitzableiter« – ein unverkennbar Lichtenbergischer Geistesblitz, der das Verhältnis des Menschen zur Todesstrafe immerhin so lange zu beleuchten vermag, daß auch ganz andere Fälle vergleichbarer Fürsorge ins Licht gerückt werden, etwa der Brauch, Todeskandidaten nach einem Selbstmordversuch so lange gefängnisärztliche Pflege angedeihen zu lassen, bis sie als hundertprozentig geheilt und kerngesund wieder in die Todeszelle entlassen werden können.

Eine handfeste Sache, dieser »Galgen mit einem Blitzableiter« – eine vergleichbar handfeste Skizze wartet denn auch auf ihre Ausführung –, ein nur auf den ersten Blick unsinniger Gegenstand, der sich in Canettis »Eine Welt ohne Jahre« vermutlich recht verloren vorkäme, jenem nun wirklich absurden, zeitlosen Ort, unter dem man sich alles und gar nichts vorstellen kann.

Kritik muß sein, zumal da, wo es zu unterscheiden gilt. Dennoch seien bei allen Unterschieden zwischen Goethe, Nietzsche und Canetti einerseits sowie Lichtenberg andererseits jene raren Lektüre-Momente nicht verschwiegen, in welchen ich mir hätte vorstellen können, auch für einen der drei Erstgenannten zum Stift zu greifen, wobei es sicher kein Zufall ist, daß alle drei Eintragungen mit Tieren zu tun haben.

Canetti macht sich Gedanken über die letzten Tiere: »In tausend Jahren: einige gezählte Tiere von ganz wenigen Arten, rar und umschmeichelt wie Götter.« Ein von Bewunderern umringter Spatz, eine geradezu kultisch verehrte Maus – das wäre eine zwar etwas didaktische, aber vor- und darstellbare Situation.

Vom Kraftfeld Gott – Mensch – Tier lebt auch Nietzsches folgende Überlegung: »Hat ein Gott die Welt geschaffen, so schuf er den Menschen zum Affen Gottes, als fortwährenden Anlaß zur Erheiterung in seinen allzulangen Ewigkeiten.«

Kein ganz neuer Gedanke – schon Lichtenberg war ja der Auffassung gewesen, wir seien zum Zeitvertreib unseres Schöpfers zusammengesetzt worden –, doch ließe sich sicher eine Variante mit verändertem Personal zeichnen, die zum Beispiel Gott vor einem Menschenkäfig zeigt, dessen Insassen sich im Hochgefühl ihrer vermeintlichen Freiheit vor einem Affenkäfig belustigen – eine etwas geschraubte Darstellung, gewiß, die aber noch eine Windung weiter zu treiben wäre, wenn man den Affen vor dem Fernseher zeigte, beim Betrachten von Bananenwerbung zum Beispiel, wenn also auch dieser Gefangene kein Bewußtsein seines Eingesperrtseins und seiner Unterhaltungsrolle besäße.

So richtig glücklich freilich würde mich erst das Bebildern der Goetheschen Maxime 918 machen: »Wenn die Affen es dahin bringen könnten, Langeweile zu haben, so könnten sie Menschen werden.«

Da findet Goethe nicht nur erkenntnisfördernd sarkastische Worte für die »Conditio humana«, sie ließen sich auch recht plausibel in ein bereits vertrautes Bild setzen, indem man den Affen an die Stelle von Dürers »Melencolia« treten und ihn inmitten all der Angebote von Wissenschaft und Kunst düster und gelangweilt in die Ferne starren ließe.

Damit genug der einigermaßen abgesicherten Erfahrungen – zum Schluß sei mir eine Spekulation erlaubt. Als der Cartoonist Hans Traxler die »Lichtenberg-Connection« in Göttingen eröffnete, pries er Lichtenberg dankbar als denkbar anregendsten Texter und Ideenlieferanten. Als der Cartoonist F.W. Bernstein alias der Professor für Cartoon und Bildgeschichte Fritz Weigle anläßlich der Bonner Station der Wanderausstellung einleitende Worte sprach, da sagte er: »Denn nicht wahr, das war er und bleibt er: unser Pate und Schutzgeist.«

»Unser«: das meint der Pate von uns komischen Zeichnern – gesetzt den Fall, Lichtenberg wäre hier und heute dazu in der Lage: Würde er diese Patenschaft annehmen? Die heutigen Bilder zu seinen damaligen Texten gutheißen? Wäre er gar zu einer engeren und längeren Zusammenarbeit zu bewegen?

Alle drei Fragen glaube ich aus drei Gründen bejahen zu können:

Erstens waren Lichtenberg vergleichbare Brükkenschläge zwischen den Künsten nicht fremd – er hat witzige Verse zu drögen Wiedergaben antiker Statuen gefunden und eindringliche Worte zu Hogarths Kupferstichen. Er hat zweitens die Zusammenarbeit mit dem berühmtesten zeichnenden Landsmann seiner Zeit gesucht, mit Chodowiecki, und er war drittens mit diesem Mitarbeiter nicht zufrieden. Zwar macht er ihm anfangs Avancen, indem er Chodowieckis Eigensinn und die Einzigartigkeit seiner Arbeit herausstreicht: »In der Tat würde ich ohne Ew. Wohlgeboren nichts darin« – dem »Göttingischen Magazin« – »tun, oder auch nur versuchen zu tun. Denn einen Maler, der mir das, was ich diktiere, von Wort zu Wort, wenn ich so reden darf, hin zeichnet, wenn ich einen solchen finden könnte, kann ich nicht brauchen. Es muß notwendig einer sein, der mich versteht, ehe ich ausgeredet habe; der das durch eigne Beobachtung ersetzt, was sich nicht in Worte bringen läßt, mit einem Wort, bei dem nicht sowohl Eingebung als nur Erinnerung vom Schriftsteller nötig ist, und den außerhalb Berlin oder in Berlin außerhalb Ihrem Hause suchen, mögte wohl eine vergebliche Arbeit sein.«

Das war 1779, drei Jahre später ist diese Wertschätzung erheblich abgekühlt, da schreibt Lichtenberg an den Freund und Verleger Dieterich: »Mein lieber Dieterich, Herr Chodowiecki ist ein hochmütiger Bengel, und am Ende kann er doch wahrlich nichts zeichnen als Gesichterchen und Steifstiefel.«

Chodowiecki konnte natürlich erheblich mehr, dennoch war er kein Hogarth, den Lichtenberg nicht zuletzt deshalb geschätzt zu haben scheint, weil es dem nicht um Gesichterchen gegangen ist und nicht um Steifstiefelchen, ja nicht einmal um Kunst: »Haben Sie wohl ein Heft Hogarthische Kupferstiche erhalten, das ich Ihnen geschickt habe?« fragt er den Freund Johann Daniel Ramberg, Kommerzienrat und Vater des Malers und Illustrators Ramberg. »Nehmen Sie es doch ja nicht übel auf und beurteilen Sie es nicht zu strenge. Es sind ja keine eigentliche Kunstwerke. Mit Werken jener Art lassen sich solche Einfälle so wenig vergleichen und nach ihnen richten als Hudibras nach dem Virgil.« Dieser »Hudibras«, lese ich in den Anmerkungen zum Briefband, sei ein berühmtes satirisches Heldengedicht von Samuel Butler, aber Lichtenberg genügt dieser Vergleich nicht, der Deutlichkeit halber vertauscht er die Schreib- mit der Zeichenfeder: »Hätte Hogarth lauter solche Menschen gezeichnet, so hätte man schon bei manchen seiner Ideen zufrieden sein können«, schreibt er und zeichnet hinter »solche Menschen« zur Veranschaulichung ein Strich- und ein Gliedermännchen, dem aber auch alles fehlt, was dem Künstler von damals bei der Darstellung des Menschen abverlangt wurde: Anatomie, Fleisch, Mimik, Decors, kurz Nachprüfbarkeit und schöner Schein.

Lichtenberg zeichnet 1794 einen »solchen Menschen«.

Lichtenberg fällt da ein Urteil über Hogarth, das verstören und Widerspruch auslösen kann. Wie – der Satiriker kein Künstler? Hogarth weniger wert als die Repräsentationsmaler seines Landes und seiner Zeit, als Reynolds oder Gainsborough?

Aber wertet Lichtenberg überhaupt? Klassifiziert er nicht vielmehr? Versucht er nicht eine Erkenntnis in Worte und Striche zu fassen, deren Folgen bis auf den heutigen Tag nicht jedermann geläufig sind: Daß man nur Vergleichbares miteinander vergleichen kann? Konstatiert er nicht folgendes: Daß den komischen Zeichnern keinen Gefallen tut, wer sie schulterklopfend zu Auch-Bildkünstlern erklärt – wobei diesem Auch stets ein Fast beigemischt ist –, sondern nur derjenige, der ihnen das abverlangt und der sie an dem mißt, was sie und nur sie, die komischen Zeichner, leisten können: satirische Einfälle und komische Ideen so ins Bild zu setzen, daß der Betrachter, von keinem Gedanken an Ästhetik abgelenkt, auf schnellstem Wege die Pointe kapiert und sich dafür – wenn alles gut geht – mit Lachen belohnt. Um einen komischen Sachverhalt auf die Schnelle zu erzählen, um auf kürzestem Wege den spontanen Lacher zu erzielen, muß der Cartoonist kein akademisch ausgebildeter Zeichner sein, ja: er muß überhaupt nicht zeichnen können. Das meint Lichtenbergs Konjunktiv »Hätte Hogarth lauter solche Menschen gezeichnet«, und das hat sich nur sehr langsam herumgesprochen, ja es spricht sich wohl immer noch herum, und das, obwohl komische Zeichner wie Rodolphe Töpffer, Wilhelm Busch oder Adolf Oberländer im Verlauf des vorigen Jahrhunderts immer wieder vorgemacht haben, wie wirkungsvoll echtes zeichnerisches Unvermögen – im Falle Töpffer – oder fingiertes Nichtzeichnenkönnen – hin und wieder von Busch und Oberländer praktiziert – zu Zwekken des komischen Erzählens eingesetzt werden können.

Daß zeichnerische Fähigkeiten der Erzeugung komischer Wirkungen nicht im Wege stehen, beweisen komische Zeichner von Busch bis Steinberg und F. K. Waechter, und daß einem großen Zeichner wie Horst Janssen nichts ausgesprochen Witziges zu Lichtenberg eingefallen ist, lehrt ein selbst oberflächlicher Blick auf seine Blätter.

Als Lichtenberg Hochkunst und komische Zeichnung voneinander schied, konnte er sich in Bezug auf letztere noch auf kein idealtypisches Exempel berufen: Verglichen mit den heutigen Cartoonisten zählt Hogarth, was Machart, Nachprüfbarkeit und Ausführlichkeit seiner Zeichnung betrifft, durchaus noch zur hohen, wenn auch nicht unbedingt akademischen Kunst. Aber Lichtenberg wittert deutlich, was Hogarths Blätter im Kern von den Werken der Hochkunst trennt, und er ahnt die Möglichkeiten einer nur dem Einfall und der komischen Idee verpflichteten Zeichnung: Was Hogarth noch nicht leisten konnte – sich aber laut Lichtenberg hätte leisten können: die Reduktion des komikerzeugenden Personals auf Strichmännchen –, das haben Hogarths Nachfolger mittlerweile weltweit in die Tat und ins Bild umgesetzt, allen voran Saul Steinberg, der nicht nur im Blatt »The New Yorker« Lichtenbergische Vorgaben und Voraussagen hat Wirklichkeit werden lassen.

Wie sehr Lichtenberg mit seiner rückwärts gewandten Prophezeiung – Hogarth starb 1764 – recht behalten hat, erlebte ich 1992 in jener Institution, die einst dafür verantwortlich gewesen ist, daß die Kunsteleven das Zeichnen erlernten, um sich der Muster und Vorbilder der Vergangenheit würdig zu erweisen, in einer Hochschule für Künste. Der Bremer Professor Bernd Bexte hatte mich eingeladen, in seiner Klasse für Visuelle Kommunikation ein Seminar abzuhalten, ich hatte Lichtenberg-Bebilderungen vorgeschlagen, und er hatte mich gewarnt: »Allzuviel darfst du bei den Studenten nicht voraussetzen, die werden vermutlich weder Lichtenberg noch deine Arbeiten kennen.«

Also erzählte ich ihnen etwas über Lichtenberg und über meine Arbeit, zu Lichtenbergs Worten Bilder zu finden. Gerade waren die ersten fünf oder sechs meiner »Sudelblätter« im FAZ-Magazin erschienen, nun gab ich, ohne meine Lösungen gleich zu Anfang zu verraten, jene Sätze Lichtenbergs vor, für die ich ein Bild gefunden zu haben glaubte. Das Handwerkszeug der um einen langen Tisch gescharten Seminarteilnehmer war denkbar einfach: Zeichenpapier und Stift; die Lösungszeit pro Satz war vorgegeben: fünfzehn bis zwanzig Minuten; die Ergebnisse erstaunten und erfreuten mich. Was den Seminaristen an Bildung fehlte, machten sie durch Bildwitz wett. So gut wie niemand begnügte sich mit platter Illustration, fast alle sahen in Lichtenbergs Sätzen eine Möglichkeit und eine Aufforderung weiterzudenken, und das möglichst um die Ecke. Heute bedaure ich, damals keine Ablichtungen der besten Lösungen gemacht zu haben, zwei der Zeichnungen jedoch sind mir im Gedächtnis geblieben. Die erste, weil sie so witzig war: Der Satz hatte gelautet »Daß die wichtigsten Dinge durch Röhren getan werden. Beweise ernstlich die Zeugungsglieder, die Schreibfeder und unser Schießgewehr« – und die Zeichnerin – oder war es der Zeichner? – hatte mit raschen Strichen einen McDonalds-Pappbecher samt Plastik-Trinkhalm hingezeichnet als Beleg dafür, daß Lichtenbergs Behauptung heute noch Gültigkeit besitzt, auch wenn in der Rangordnung der wichtigsten Dinge mittlerweile andere Prioritäten gesetzt werden und das Cola-Trinken vor dem Zeugen, Schreiben und Schießen rangiert.

An das zweite Blatt aber erinnere ich mich deswegen, weil es eine Lösung vorschlug, die ganz einfach besser war als meine. Der Lichtenberg-Satz hatte gelautet: »Daß der Mensch das edelste Geschöpf sei läßt sich auch schon daraus abnehmen, daß es ihm noch kein anderes Geschöpf widersprochen hat.« Dazu war mir lediglich eine relativ schlichte Allegorie eingefallen, fast eine der von mir verpönten Tautologien: Ein Mensch, der sich selbst inmitten schweigender Tiere den Lorbeerkranz aufsetzt – wenn dieser Mensch wenigstens ein Orpheus gewesen wäre, der im Kreise peinlich berührter Tiere einen erkennbar schlimmen Gesang anstimmt! Und das war auf dem Blatt des jungen Zeichners – oder war es eine junge Zeichnerin? – zu sehen: Vor dem Hintergrund eines roh skizzierten entlaubten Waldes liegt ein ebenso rasch hingehauener dunkler Vogel auf dem Rükken – eine wirklich schlagende Begründung dafür, warum eigentlich der Widerspruch der anderen Wesen uns gegenüber so hartnäckig ausbleibt. Ich komme zum Schluß. Wie ist das also: War Lichtenberg ein verhinderter Cartoonist? Auf jeden Fall hätte er sich mit den nicht verhinderten Cartoonisten von heute nicht nur gut verstanden, er hätte auch bestens begriffen, worauf es bei dieser Mitteilungsform ankommt. Womöglich hätte er selber zur Feder gegriffen: So gut wie der berühmte, halbblinde amerikanische Schriftsteller und Cartoonist James Thurber konnte Lichtenberg allemal zeichnen. Oder sollte ich sagen: So schlecht wie Thurber?

Und noch etwas. Während einer Pause im Bremer Seminar blätterten Teilnehmer interessiert in den Dünndruckbänden der »Sudelbücher«. Immer wieder wurde zitiert und gelacht, da veranlaßte mich das besonders fröhliche Gelächter einer Studentin zu fragen, was es denn dort zu lachen gebe. Es war der Eintrag »4 Deputierte pissen gegen eine Kutsche, die Kutsche geht weg, und sie pissen gegen einander«. Ob sie sich das als Zeichnung vorstellen könne, fragte ich die Lachende. Als Einzelzeichnung nicht, antwortete sie, möglicherweise ergebe das eine Bildergeschichte, aber nein: Das sei doch eigentlich eine Filmszene!

Eigentlich ja. Und eigentlich müßte jetzt in gebotener Breite die Frage behandelt werden, ob Lichtenberg ein verhinderter Slapstickfilmer gewesen sei. Doch da ich eigentlich gar nicht so lange hatte räsonieren wollen, kann ich nur hoffen, daß sich ein anderer, berufenerer ein andermal dieses Themas annimmt.

NACHTRAG 1998

Die vorstehenden Ausführungen erschienen das erste Mal im Lichtenberg-Jahrbuch 1995; für das Nachwort wurden sie geringfügig modifiziert und mit Illustrationen versehen.

In drei Jahren kann viel passieren; einigermaßen zufrieden, regelrecht erstaunt, geradezu dankbar kann ich im September 1998 konstatieren, daß es mir gelungen ist, die damals avisierten Ziele zu erreichen. Mit wenigen Einschränkungen: Statt versprochener 100 Blatt liegen 99 vor, die Zahl schien mir dem umwitterten Erscheinungsjahr des Buches angemessener.

Statt eines Lichtenberg-Wochenkalenders für 1999 haben sich Verlag und Autor für den handlicheren Monatskalender entschieden. Statt einer Umsetzung von »Vetter Affe und Vetter Engel«, die trotz mancher Anläufe unzufriedenstellend ausfiel, findet sich unter den 99 Blättern eine gezeichnete Mutmaßung darüber, womit man einen weit standhafteren Mann dazu hätte bewegen können, etwas weit Schlimmeres zu tun; auch läßt sich nun überprüfen, was es mit meiner angekündigten Lösung für »Galgen mit einem Blitzableiter« auf sich hat und ob der Tausch Zweithose gegen Buch wirklich lohnt.

Im Januar 1999 aber wird sich im alten Göttinger Rathaus, jenem Gebäude, das auf »The Göttinger« von links ins Bild ragt, ein Kreis schließen, der dazu gut sieben mythenträchtige bzw. märchenhafte Jahre gebraucht hat. Dort nämlich zeigte ich 1992 die ersten fünf Blätter, anläßlich von Lichtenbergs 250. Geburtstag und, wie erinnerlich, im Rahmen der von WP Fahrenberg angeregten und von weiteren 62 Beiträgern bestückten »Lichtenberg-Connection«.

Zum Gedenken an den 200. Todestag meines Co-Autors am 24. Februar werden an gleicher Stelle über 90 meiner Blätter zu Lichtenberg hängen. Wieder hat WP Fahrenberg die Organisation der Schau übernommen, und wieder hat er – zusammen mit Tete Böttger – dafür gesorgt, daß ich in guter Gesellschaft hängen werde: Mit ungefähr gleich vielen Blättern zu Lichtenberg wird der Zeichner Horst Janssen für einen, hoffe ich, in mancherlei Hinsicht anregenden, vielleicht sogar aufklärerischen Dreier sorgen.

Robert Gernhardt
Gesammelte Werke

Fischer Taschenbuch Verlag

Berliner Zehner
Hauptstadtgedichte
Band 15850

Die Blusen des Böhmen
Geschichten, Bilder
Geschichten in Bildern
und Bilder aus der Geschichte
Band 13228

Es gibt kein richtiges
Leben im valschen
Humoresken aus unseren Kreisen
Band 12984

Die Falle
Eine Weihnachtsgeschichte
Band 15768

Glück Glanz Ruhm
Erzählung Betrachtung Bericht
Band 13399

Herz in Not
Tagebuch eines Eingriffs
in einhundert Eintragungen
Band 16072

Ich Ich Ich
Roman
Band 16073

Im Glück und anderswo
Gedichte
Band 15751

Robert Gernhardt
Gesammelte Werke

Fischer Taschenbuch Verlag

In Zungen reden
Stimmenimitationen
von Gott bis Jandl
Band 14759

Kippfigur
Erzählungen
Band 16511

Klappaltar
Drei Hommagen
Band 16906

Körper in Cafés
Gedichte
Band 13398

Der letzte Zeichner
Aufsätze zu Kunst und Karikatur
Band 14987

Lichte Gedichte
Band 14108

Lug und Trug
Drei exemplarische Erzählungen
Band 16074

Ostergeschichte
Band 16071

Über alles
Ein Lese- und Bilderbuch
Band 12985

Was deine Katze wirklich denkt
Band 16654

Robert Gernhardt
Gesammelte Werke

Fischer Taschenbuch Verlag

Wege zum Ruhm
13 Hilfestellungen für junge Künstler
und 1 Warnung
Band 13400

Weiche Ziele
Gedichte 1984–1994
Band 12986

Wörtersee
Gedichte
Band 13226

Was gibt's denn da zu lachen?
Kritik der Komiker
Kritik der Kritiker
Kritik der Komik
Band 17679

Letzte Ölung
Ausgesuchte Satiren
1962–1984
Band 17913

Denken wir uns
Erzählungen
Band 17671